MW01516800

EL BARCO DE VAPOR

Pepe piensa...

¡Cómprame
la moto roja!

Michel Piquemal

Ilustraciones de Thomas Baas

www.literaturasm.com

Dirección editorial: Elsa Aguiar
Coordinación editorial y traducción: Xohana Bastida

© Albin Michel Jeunesse, 2010
© Ediciones SM, 2012
   Impresores, 2
   Urbanización Prado del Espino
   28660 Boadilla del Monte (Madrid)
   www.grupo-sm.com

ATENCIÓN AL CLIENTE
Tel.: 902 121 323
Fax: 902 241 222
e-mail: clientes@grupo-sm.com

ISBN: 978-84-675-5426-7
Depósito legal: M-6385-2012
Impreso en la UE / *Printed in EU*

*Thomas le agradece a Mélou
su preciosa ayuda para dar color a este libro.*

En el pasillo del súper,
Pepe ha visto
una moto roja estupenda.
Cómo le gustaría jugar con ella...
    Dentro de su cabeza
ya suena un rugido:
«¡Brruuum, brruuum, brruuum!».

–Oye, mamá,
¿me compras la moto roja?
    –Pepe,
no hemos venido a buscar juguetes.
Estamos aquí
para comprar comida.
    –Es verdad –dice Pepe–,
pero no tardamos nada en comprarla.
La meto en el carrito... ¡y ya está!

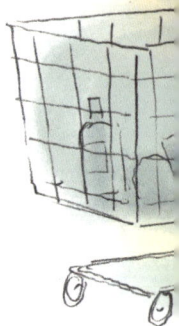

–¡Pepe, deja ahora mismo esa moto
donde estaba! –le regaña su mamá–.
No tengo ninguna intención
de comprártela. Tienes un montón
de juguetes parecidos en casa.
¡No se puede estar siempre
gastando dinero!

–No pasa nada, mamá...
¿No ves que en el súper
siempre pagas
con esa tarjeta de plástico?
La mamá de Pepe sonríe.

–Pero Pepe,
la tarjeta también es dinero.
La señora de la caja suma los precios
de todo lo que hemos metido
en el carrito, y luego quita
de nuestra cuenta de banco
lo que hayamos gastado.

Y cuando se acaba el dinero de la cuenta,
la tarjeta deja de funcionar.
¡Ya no se puede comprar nada con ella,
ni siquiera pan o espaguetis!

Pepe suelta de mala gana la moto roja.
Sigue a su mamá por el pasillo y, de repente,
se detiene con cara pensativa.

–Dime, mamá, ¿somos pobres?

–¡Qué va, Pepe!

–Pero si ni siquiera
podemos comprar
una simple moto roja,
eso quiere decir
que somos pobres, ¿no?

–No, Pepe.
No somos ni ricos ni pobres.
Estamos entre las dos cosas,
¡y con eso nos basta!

Pepe insiste:

–Entonces, ¿por qué no puedes
ni siquiera pagar una simple moto roja?

–Yo no te he dicho
que no la pueda pagar.
Te he dicho que no quiero hacerlo,
y eso no es lo mismo.
¡Tienes que acostumbrarte
a dejar de pedir
todo lo que te pasa
por delante de los ojos!

–Porfa, porfa, mamá –suplica Pepe–.
Solo la moto roja,
y luego te prometo
que no te pediré nada más.

–¡Ni hablar!
Si tanto te importa esa moto roja,
pídela de regalo de cumpleaños.

–¡Desde luego,
hoy no vamos a comprarla!
–añade la mamá de Pepe–.
Ya tienes demasiados trastos olvidados
en el fondo de tu caja de juguetes.
Estoy segura de que, en unos días,
te habrás olvidado de la moto.

     –La verdad
es que no me quieres nada
–refunfuña Pepe–.
Prefieres tener muchos euros
dentro del monedero
que ser buena conmigo.
     La mamá de Pepe lo mira
con cara de reproche.
Está empezando a ponerse nerviosa.

—¡Si no te quisiera, haría lo contrario!
¡Te compraría
todos los juguetes que pidieras
para que no me dieras la lata!
¡Sería mucho más fácil!
Precisamente porque te quiero,
tengo que enseñarte
a no pedir todo lo que ves.
Porque los niños que consiguen
todos los caprichos,
al final no se contentan con nada.

La mamá de Pepe
lo mira a los ojos.
    –¿Y sabes qué?
Yo no quiero
que seas infeliz en el futuro.
Quiero que encuentres la felicidad
de maneras distintas
que comprando cosas,
¡y que vivas contento
aunque no seas millonario!

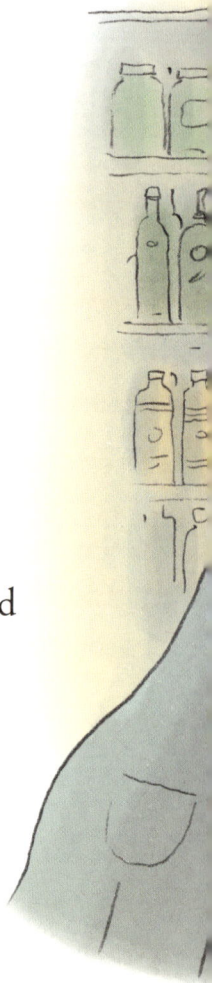

Pepe quiere responderle
algo igual de bonito.

–¡Yo también quiero
que seas feliz, mamá!
Si no tienes suficientes euros,
te daré los que guardo en mi hucha.

–¡Qué bueno eres, Pepe!

–¡Claro! Y así,
¡podrás comprarme la moto roja!

La mamá de Pepe
suelta un gran suspiro.
No tiene ganas de discutir más
con el cabezota de Pepe.
   –¿Por qué resoplas, mamá?
No es culpa mía
si la moto roja me gusta.

–No, Pepe, no es culpa tuya.
Las tiendas están llenas de trampas
para hacer que los niños
pidan más y más cosas a sus papás...
No habría debido traerte
sin preparar antes contigo
la lista de la compra...

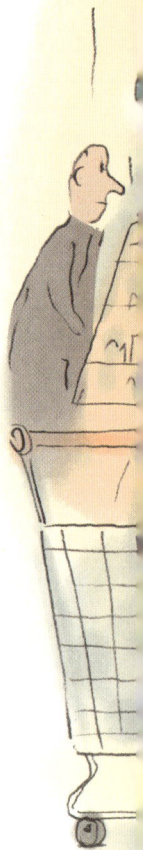

TARJETA

–La próxima vez
–dice la mamá de Pepe–,
te dejaré en casa.
Así no te enamorarás de una moto roja,
ni de una amarilla, ni de una azul...
Te quedarás entretenido con tus juguetes,
¡que ya tienes bastantes!

–¡Mamá, mamá!
¿Me compras un perro?

PENSAD
CON PEPE SOBRE...

LAS COSAS Y LA FELICIDAD

**Propuestas para dialogar con los niños
sobre temas importantes**

EL JUEGO DE LAS COSAS NECESARIAS

En las dos páginas siguientes encontrarás una serie de objetos y conceptos: algunos son necesarios y otros innecesarios, algunos pueden comprarse y otros no... Te proponemos que plantees dos preguntas:

¿Cuáles de estas cosas son indispensables para vivir? En esta lista de cosas, ¿hay alguna que no se pueda comprar? ¿Por qué?

Estas dos cuestiones pueden dar pie a un diálogo muy interesante sobre el carácter accesorio de algunas cosas a las que damos demasiada importancia (los refrescos, el chocolate...), en comparación con otras, como el aire o el agua, indispensables para vivir, o el igualmente necesario amor de la familia.

¿CUÁLES DE ESTAS COSAS SON INDISPENSABLES PARA VIVIR? EN ESTA LISTA DE COSAS, ¿HAY ALGUNA QUE NO SE PUEDA COMPRAR? ¿POR QUÉ?

EL BUEN HUMOR

LA LECTURA

LOS REFRESCOS DE LIMÓN

LA TELEVISIÓN

UNA PLAYSTATION

LA NATURALEZA

ALIMENTOS PARA COMER TODOS LOS DÍAS

EL AIRE

UN TECHO PARA COBIJARSE

UN COCHE

EL SOL

LOS AMIGOS

EL AMOR
DE LA FAMILIA

EL AGUA

UN TELÉFONO
MÓVIL

ROPA PARA
NO PASAR FRÍO

ZZZZ

UN RELOJ

UNA TABLETA
DE CHOCOLATE

EL SUEÑO

PREGUNTAS
PARA PENSAR EN VOZ ALTA

¿Te gusta hacer la compra en el supermercado? ¿Por qué? ¿Qué es lo que más te gusta?

¿Hay algo que te gustaría tener y que tus padres no quieren comprarte?

¿Por qué crees que tus padres no quieren comprarte todo lo que les pides?

¿Recuerdas algún capricho que consiguieras cuando eras pequeño?

¿Hay algún juego o juguete que podrías regalar porque ya no juegas más con él?

PARA SABER MÁS
Y HABLAR SOBRE ELLO

La sociedad presenta sin cesar ante nuestros ojos (ya sea en la publicidad, los programas de televisión o los estantes de los supermercados) un sinfín de cosas deseables.

Los deseos forman parte de la vida; son su motor, la energía que nos mueve. Pero si nos dejamos llevar por la avalancha de propuestas, nuestra existencia puede convertirse en una continua frustración. Porque cada vez que satisfacemos una pulsión, nuestra sociedad de la abundancia nos plantea otras nuevas...

Y los niños, ¿cómo reaccionan ante todo esto? En la infancia se da una propensión natural a querer, a desear, a pedir, espoleada por la curiosidad inagotable de los niños. Estos se convierten, así, en objetivos preferentes para los publicistas. Pero, por el bien de los niños –por su salud y su equilibrio mental–, no podemos decirles siempre que sí. ¡Por no hablar del equilibrio de nuestros bolsillos!

En algunos lugares, estos temas se hacen especialmente evidentes. Los supermercados, por ejemplo, están llenos de trampas para hacernos comprar cosas que no necesitamos. He aquí algunos ejemplos:

- **Los carritos** son cada vez más grandes para animarnos a que los llenemos. ¡En treinta años, su capacidad se ha multiplicado por seis!

- **La música suave** adormece a los clientes y embota su atención. De cuando en cuando, la interrumpen anuncios de ofertas que nos incitan aún más a llenar el carrito.

- Los clientes no pueden comprar directamente los productos de primera necesidad como leche, pan o verduras. Estos productos están dispersos por la tienda, de modo que los clientes tengan que **recorrer todos los pasillos**. Además, para evitar que los clientes aprendan los sitios y vayan a ellos directamente, los directores de las tiendas cambian regularmente su distribución.

- **Los productos baratos** se sitúan en la parte más baja de los estantes para que sea más difícil acceder a ellos.

- Sin embargo, los productos que el supermercado desea vender están situados justamente a la altura de las manos. Además, cuando los clientes llegan a la caja, se encuentran con **golosinas que los tientan mientras esperan**: chicles, chocolatinas...

¡Verdaderamente, **es difícil resistirse**! Lo mejor es preparar de antemano una lista de la compra... ¡y no llevarse nada más, por mucho que nos tiente!

TE CUENTO QUE MICHEL PIQUEMAL...

... *tiene cincuenta y tantos años, pero eso puede cambiar en cualquier momento. De lo que sí está seguro es de que a la edad de siete años, cayó en una marmita llena de sopa de fideos negros (esto es, en un libro). Era la época en la que los profesores de su colegio anotaban siempre en sus notas: «Michel no para de charlar». Pero, a partir de entonces, repartió el tiempo entre las charlas con sus amigos y las páginas de los libros.*

A veces la realidad no le gusta demasiado, y por eso se escapa de ella escribiendo textos muy diferentes: de poesía, de cuentos, policiacos, fantásticos... y hasta cartas de amor.

¡No se os ocurra contarle vuestra vida! Lo mismo se le ocurre hacer un libro sobre ella.

Michel Piquemal nació en Béziers, Francia, el 17 de diciembre de 1954. Antes de ser escritor fue profesor, y de tanto leer con sus alumnos, al final decidió escribir libros infantiles y juveniles. Desde 1988 ha escrito más de doscientos, que han obtenido premios como el Grand Prix du Livre de Jeunesse.

PEPE SE ENAMORA DE UNA MOTO ROJA QUE VE EN EL SÚPER. ¡ESAS COSAS OCURREN! SOBRE TODO PORQUE NOS PASAMOS LA VIDA RODEADOS DE ANUNCIOS. EN **CAPUBLICITA ROJA**, la historia de siempre se ve interrumpida por anuncios publicitarios de objetos absurdos…

CAPUBLICITA ROJA
Alain Serres
EL BARCO DE VAPOR, SERIE AZUL, N.º 157

ES NORMAL QUERER COSAS; LO MALO ES QUERERLAS TODAS Y NO SER CAPAZ DE COMPARTIR NINGUNA. ES LO QUE LE OCURRE AL RATÓN TANTINO EN **MORRIS, ¡ES MÍO, MÍO Y MÍO!** Menos mal que el héroe Morris tiene antifaces para solucionar todos los problemas.

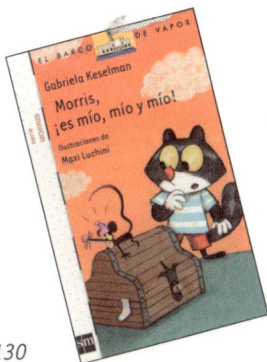

MORRIS, ¡ES MÍO, MÍO Y MÍO!
Gabriela Keselman
EL BARCO DE VAPOR, SERIE AZUL, N.º 130